Les Sensations de Mlle de La Bringue

Liane de Pougy

Paris, 1904

Édition : BoD · Books on Demand, 31 avenue Saint-Rémy,
57600 Forbach, bod@bod.fr
Impression : Libri Plureos GmbH, Friedensallee 273,
22763 Hamburg (Allemagne)
ISBN : 978-2-3225-6954-0
Dépôt légal : Avril 2025

LIANE DE POUGY

Les Sensations de Mlle de la Bringue

TABLE DES MATIÈRES

Ce roman à clefs met en scène les contemporains de l'auteur. Parmi eux, on peut identifier :

- Ajax : Édouard de Max
- Antarctique : Polaire
- Arènes de Moutons : Théâtre des Arènes
- *La Beauté de la nue* : *Prométhée*
- Caramenjo : Caroline Otero
- Cravate : Ève Lavallière
- Mademoiselle Dejane : Réjane
- G. Deleau : Géo Dupuis
- *Don Juan* : *Gil Blas*
- *L'Étendard* : *Le Journal*
- Félicien Saurien des Champs : Félicien Champsaur
- *Le Fils de Louis XVI* : *L'Aiglon*
- Les « Fixités » : Les « Variétés »
- Frères Électra : Frères Isola
- Jean Lebreton : Jean Lorrain
- Julienne de l'Orne : Émilienne d'Alençon
- M. du Congo : Léopold II
- Mademoiselle de la Bringue : Liane de Pougy
- Méo de la Clef : Cléo de Mérode
- *Monsieur d'Astarté* : *Monsieur de Phocas*
- Nazillard de Saint : Gabriel Fauré
- Paulette : Colette
- Paul Ève : Paul Adam
- Pierre de Loto : Pierre Loti
- Rachel la Rose : Sarah Bernhardt
- Rachelde : Rachilde

- Renoy : <u>Edmond Rostand</u>
- Richequeue : <u>Jean Richepin</u>
- H. Rochebelle : <u>Henri Rochefort</u>
- Sarcelle Sobj : <u>Marcel Schwob</u>
- Tibulle Bouc : <u>Catulle Mendès</u>
- Vande de la Janère : <u>Jane de La Vaudère</u>

Ce texte d'information ne figure pas dans l'ouvrage.

Il est l'œuvre de contributeurs de Wikisource.

I

LE SOUPER CHEZ LE COMÉDIEN

J'étais toute gamine alors. La mode sortait à peine des grosses jupes à soies bouffantes retenues par la tournure, semblable à un chignon, au bas du dos. J'étais habillée, moi, d'une dentelle épaisse qui, partant des épaules recouvertes d'un léger tulle, contournait languissamment mon torse, s'arrêtait à ma taille, et, s'accrochant à ce que la saison permettait encore de la dite tournure, dégringolait par floppées de neige sur mes talons. Ma chaussure était brochée de petites perles et j'étais heureuse d'allonger, sous le bas crème à jour, une cheville impeccable.

Nous étions onze ; le hasard d'une présentation et ma belle mine bien franche m'avaient mise de ce groupe de « gommeux » et de « gommeuses », comme on disait encore sans mauvaise part.

Le théâtre avait été superbe. Entassés dans les deux grandes avant-scènes de gauche, nous formions un groupe que tout l'Opéra, de l'orchestre, des loges et du balcon, regardait à en attraper le torticolis.

Je ne sais si j'étais particulièrement visée dans cette admiration collective, mais mon jeune cœur tressaillit alors de l'ambition de faire venir pour ma beauté seule toute une ville à ce même spectacle.

Mes tempes battaient et tout le reste de la soirée, bien moins occupée de Roméo escaladant l'échelle de soie pour monter au balcon de marbre de Juliette, que de mes pensées, je cherchais le moyen de devenir celle dont tout Paris s'occuperait.

J'ai dit que nous étions onze dans l'avant-scène : cinq messieurs et six dames.

Hélas ! j'étais la sixième, la plus jeune, la plus gauche, sans cavalier.

Parmi ces cinq messieurs, le grand comédien Ajax aux cheveux frisés, à la lèvre épaisse, au nez crochu et qui, malgré sa laideur, son œil qui louchait et même ses gros mots, attirait invinciblement par son charme qu'on eût dit… toxique.

Sarcelle Sobj, le petit, tout petit dramaturge si intelligent.

Et puis Jean Lebreton, un écrivain, paraît-il, qui quoique étrange, presque bizarre, m'était indifférent et ne m'intéressait guère que par ses yeux encapotés, virginaux, et ses bijoux.

Les deux autres semblaient deux gros financiers : c'étaient ceux qui avaient offert la loge.

Parmi les femmes, nos gracieuses compagnes, il y avait Julienne de l'Orne, une qui, paraît-il, avait été modiste et qui maintenant portait pour la peine de très grands chapeaux.

Elle était avec Lebreton.

Il y avait aussi Caramanjo, une Espagnole nouvellement débarquée à Paris, très jolie, qui portait de grosses perles et des cheveux courts.

Les autres étaient les femmes des financiers, très riches et très quelconques.

Enfin une créole, avec de grands rubans rouge éclatants autour du cou et autour des poignets.

Quand le rideau tomba, le comédien proposa d'une voix grave et sonore, comme s'il s'était agi de détrôner l'empereur d'Allemagne, d'aller souper chez lui.

Après quelques tergiversations, tout le monde accepta, à ma grande joie.

Non, croyez-le bien, que mon cœur fût pris comme une petite bête de souris en extase devant un brin de lard qui sent bon, mais ma raison vigilante me disait que j'aurais l'occasion, là, d'observer de plus près mes compagnons et de tirer parti de ce que j'aurais vu.

Nous nous empilâmes donc dans les coupés des deux financiers et en route vers la rue Saint-Lazare.

Figurez-vous un grand hôtel de pierre qui portait en fronton la face grimaçante de l'acteur, tout en pierres rouges et jaunes, avec des fenêtres en ove, de style byzantin, comme le faisait remarquer Lebreton. Ce furent des laquais nègres qui vinrent nous ouvrir, de grosses torches de cire à la main.

Comme dans les anciens châteaux on sonnait du cor ou des clairons à l'entrée du seigneur, ici un gros bruit de gongs et de grelots nous accueillit.

On monta par de larges escaliers gardés par des mannequins tartares, aux grandes lances, aux masques grimaçants et à la crinière flottante.

Je ne pus retenir un cri d'admiration en entrant dans la salle où était préparé le souper.

Une grande rotonde avec un dôme, comme les églises d'Italie, et quatre vitraux tout autour par où tombait, irisée, une douce lumière.

Ce dôme semblait en airain et resplendissait de mille facettes étincelantes qui reflétaient les merveilles entassées sur la table.

De grosses colonnes de marbre, sculptées en torsade, montaient par couples jusqu'aux coins de ce dôme et semblaient plutôt lui offrir la corbeille d'or qui en formait le chapiteau que le soutenir.

Des tableaux des maîtres les plus connus s'échafaudaient entre ces colonnes et je vis avec surprise quatre paons blancs se pavaner à une extrémité de la salle, à peine effrayés par le jet d'eau s'échappant d'un bassin de marbre rose.

Nous prîmes place autour de la table en bois de palissandre serti d'or que recouvrait une riche dentelle de

Gênes.

Chaque convive avait, non pas une chaise, mais un lit, comme dans l'ancienne Rome, avec cette différence qu'au lieu d'être de bois, ce lit était capitonné du velours le plus exquis et tout à fait adapté au corps.

Des valets noirs nous apportaient les mets.

C'étaient, dans des surtouts d'argent, de colossale grandeur, des dégringolades immenses et fantastiques de fruits dorés, bizarres, exotiques, bananes de l'Inde, raisins d'Herzégovine, poires d'Ispahan, figues de la Terre de Feu et je ne sais plus quels autres noms encore.

Du vin fut versé dans une énorme coupe de bronze où chacun but à la régalade.

Quelque chose me frôla les jambes tout à coup. Je me demandais quel était l'impudent quand soudain sortirent de dessous la table deux jeunes lionceaux si doux, si doux…

Je regardai alors les convives. Le comédien s'était vêtu d'une sorte de robe asiatique d'une soie brochée, de très grand luxe. Il s'était mis des anneaux aux oreilles, des colliers au cou, des bracelets aux mains et le nombre de ses bagues avait augmenté.

La créole, à demi nue, s'était couchée sur la table, immense, il est vrai, et lui passait des grappes de fruits, le couronnant de lierre, accrochant, comme aux enfants, des cerises, des raisins, des cédrats à ses oreilles.

Les autres discutaient par petits groupes en grignotant les fruits.

Je me demandais sur qui j'allais jeter mon dévolu.

Peut-être sur un de ces financiers qu'accaparaient ces femmes, jolies peut-être, mais qui me semblaient insupportables, celle-ci avec ses yeux de grenouille de porcelaine, celle-là avec son cou de cigogne fiévreuse.

Peut-être sur le comédien ?

L'amour serait bon dans ce palais byzantin. Dans sa couche immense et moelleuse, dans ses bras musclés et ardents, sur sa poitrine haletante, on pourrait certes se croire loin de la terre.

Une phrase lancée d'un bout de la table à l'autre attira mon attention.

— Vous nous ferez un article dans l'*Étendard*, Lebreton, sur ce souper, vous, le pall-malliste superbe, dont une ligne dans votre journal, suivi par le Tout-Paris du monde de la littérature et du théâtre, suffit à mettre au jour pour sa vie ou dans le tombeau de l'oubli tel artiste, telle femme, telle maison…

— C'est promis.

Je me rappelai maintenant qui était ce Lebreton.

C'était donc celui-là qui signait dans l'*Étendard* ces pall-mall-semaines qui faisaient trembler d'Auteuil à Vincennes toute l'aristocratie, depuis les vieux nobles de saint Louis jusqu'aux anoblis de l'Empire, depuis les jeunes esthètes jusqu'aux mûres coquettes.

J'avais devant moi l'homme qui avait lancé tant de petites grues, tant d'écrivains et dernièrement ce petit dessinateur…

Oh ! si je pouvais !

Oh ! s'il voulait.

Je le regardais.

Il souriait à Julienne de l'Orne que je pris presque en haine de ce jour.

Il était en habit de soie avec un gilet fait de petites peaux de souris blanches du Canada. De gros boutons en émeraude, griffés d'or, l'attachaient sur une chemise éblouissante dont les agrafes étaient de malachite grise.

Les mains couraient le long de la table, extrêmement vagues et souples, d'une transparence inouïe, que rayaient des bagues…

Des légendes couraient sur ces bagues.

L'une, la grosse, lui aurait été donnée par le pape.

C'était une sorte d'opale extrêmement foncée, tirant sur le vert et dont la sculpture représentait — je dis sculpture, car la pierre en vérité était colossale — une sorte de saint Georges à tête de chien, vautré sur une femme cramponnée à la queue du cheval qui lui arrachait de ses dents les cheveux.

Une autre aurait été un cadeau d'un prince de Bourbon. Quant aux petites si transparentes, on en disait les pierres emplies de philtres rapportés de l'Indoustan ou de Venise.

Car Lebreton était un grand voyageur. Tous les hivers le voyaient, hier à Nice, aujourd'hui en Sicile, demain à Ceylan, et après-demain à Pampelune, à Bénarès.

L'été lui faisait courir l'Angleterre, l'Allemagne et l'Amérique. Entre chaque voyage il faisait une station à Paris. Il n'y a que le pôle nord qu'il n'ait pas visité.

Mais beaucoup affirment que le pôle sud l'a vu.

Le visage de Lebreton défiait à peu près toute description. La tête encastrée dans un faux-col était tondue complètement à l'exception d'un toupet de cheveux qui lui sautillait sur le front raviné.

Les sourcils semblaient masquer les yeux. Ces yeux ! oh ! ces yeux !

Quel cauchemar, quelle angoisse, quel trouble que ces yeux-là, tour à tour gros, petits, enfoncés, hors de la tête, gris, verts, outre-mer. Ces yeux sont célèbres au monde.

C'est ici une mer en furie sous un ciel d'orage, c'est là un trouble indéfinissable, un ciel clair d'Italie ou l'acier pénétrant d'un pasteur écossais.

Tantôt cachés par la paupière d'une mobilité extrême, tantôt découverts et d'une fixité épouvantable qui faisait une peur atroce, deux yeux de sphinx qui regardaient éperdument et qui rendaient plus terrible encore la moustache hérissée aux couleurs caméléoniennes sur le menton fort, puissant comme celui d'une bête dont la mâchoire est faite pour mordre, et qui lorsqu'elle tient sa proie — alors irrémédiablement sa proie — ne la lâche plus.

Oh ! oui, cet homme me fit peur, plus encore lorsque ma raison me dit que c'était de lui qu'il fallait faire la conquête. Ah ! lorsqu'il me tiendrait dans sa main, certes, il saurait m'avantager, comme il faisait chatoyer et briller ses bagues, en n'ayant l'air de rien.

II

L'ALCHIMISTE

Le souper finissait.

Les cires pâlissaient dans les appliques d'argent massif.

Ajax et la créole, maintenant tout à fait nus, se jetaient des fleurs d'un lit à l'autre.

Les femmes des Américains, dégrafées presque jusqu'à la ceinture, les arrosaient de champagne.

Julienne de l'Orne faisait ce qu'elle pouvait pour dérider Lebreton qui, pâle sur le fond sombre, éclairé de face par le petit jour et les bougies, semblait une effarante et effrayante statue de cire ou d'ivoire.

Tout à coup il disparut sans qu'on y prît garde, je ne sais comment.

Julienne aussi partit.

Les domestiques vinrent relever les convives, en laissant toutefois Ajax sur son lit.

J'enjambai des corps et je m'enfuis. Je ne sais plus comment je rentrai chez moi.

.   .   .   .

Je dormis longtemps.

À mon réveil, ma bonne vint me prévenir qu'un vieillard voulait me parler.

Je le fis entrer en le priant de m'excuser de le recevoir ainsi.

Sa vue me causa quelque stupeur.

C'était un homme long, dans une grande redingote, habillé tout de velours.

Il se tenait, le chapeau à la main, dans l'embrasure de la porte.

Ses yeux brillaient plus que deux braises et ses mains formidablement longues s'agitaient lentement.

La droite caressait, tripotait une longue chaîne d'or qui faisait un double tour sur son gilet de noir velours.

Je le priai d'entrer et de s'asseoir, ce qu'il fit après avoir fermé la porte.

Alors il me regarda bien en face et, lorsque tout mon corps fut pris d'un tremblement, il me tint ces propos étranges :

— Vous n'ignorez pas, me dit-il, qu'il existe au monde des puissances occultes formidables. Je suis un maître de ces grandes sciences qui bouleversent les êtres et rendent terribles les individus qui savent s'en servir. J'ai cent vingt ans, mais grâce à mon savoir je suis encore vert et solide.

Toute ma vie, tout mon être a été consacré à ces sciences. Mes recherches aboutissaient. J'avais deviné, découvert les forces de l'au-delà et de la nature, inconnues encore et peut-être à jamais aux autres hommes. J'allais me servir de ma force et foudroyer les obstacles.

Hélas ! Étant savant, je n'étais pas égoïste. J'ai fait un élève, madame, et cet élève m'a pris pouvoir, force, volonté.

Comment vous expliquer, je ne pourrais, vous ne comprendriez…

— Mais, monsieur…

— Laissez-moi continuer. Cet élève, cet homme plus puissant que moi, cet homme terrible qui a su me dominer… c'est celui, malheureuse enfant, dont vous espérez faire la conquête, celui que vous voulez mettre sous votre joug.

— Comment ?…

— Comment j'ai su ? Je ne puis vous expliquer la façon dont j'ai pu depuis domestiquer tous les effluves allant vers lui, mais votre désir fut si violent un moment hier au soir, si sincère même que les effluves émanant de votre cerveau parvinrent jusqu'à moi. Toute la nuit j'ai cherché, et me voilà…

Le vieillard se redressa. Ses yeux lançaient vraiment des flammes. Je regardai un moment ce front superbe qui vibrait comme une dynamo électrique et qui renfermait le savoir de cent ans d'étude et de travail… Mais une peur affreuse me prit.

Quel horrible marché allait me proposer ce vieillard horrible ?

Est-ce que ma jeune chair l'attirait ?

Voulait-il, lui, jouer avec moi ce rôle que l'autre devait remplir ?

Non, non, non ! Mille fois non !

Mon corps se souleva en un honteux hoquet !

— Non, n'ayez pas cette peur… je lis dans votre pensée… Je ne veux ni votre chair, ni même votre esprit. Je pourrais vous utiliser par force. Un seul de mes regards vous anéantirait et vous seriez à moi… ce que Lorenza était à Joseph Balsamo. Mais non, je vous ai déjà dit que j'étais bon et cela d'ailleurs me répugnerait. Il est de votre intérêt de faire ce que je vais vous demander ; vous le ferez donc. Écoutez, je ne puis rien contre cet homme, mais avec vous, qui possédez un magnétisme étonnant de vibrance et de force… Voulez-vous vous associer à moi pour conquérir cet homme ?

Je vous promets qu'il ne lui sera fait aucun mal et que vous n'êtes engagée dans aucune vilaine chose.

À nous deux nous le dompterons. J'ai besoin des secrets qu'il m'a dérobés.

Accordez-moi ce que je vais vous demander et laissez marcher les événements. Quoi qu'il arrive, ne vous étonnez de rien. Je veillerai sur vous et vous guiderai. Voulez-vous me donner votre volonté ?

Cet homme était-il un fou ?

Mais non, comment aurait-il su tout ce qu'il savait ? comment m'aurait-il trouvée ?

Je voulus bien. Que risquais-je ? Je ne savais trop.

Il me prit la tête entre ses deux mains qui me semblèrent glacées.

Je jetai un cri.

Je m'évanouis.

Quand je revins à moi, l'homme, le vieillard avait disparu.

III

LES COULISSES

Je passai dans ma salle de bain où une longue ablution froide raffermit et réveilla mes chairs endolories, puis, je me jetai dans ma piscine tiède.

Ma salle de bain était mon luxe. Elle n'était certes pas — j'avais seize ans, et j'étais seule à Paris — d'une richesse extraordinaire, mais je l'avais aménagée gentiment.

Le long des murs couraient des céramiques où s'ébattaient, dans des marais hirsutes d'herbes sauvages, de longs et mélancoliques flamants roses, au bec lourd, aux pattes légères, au cou élégant et gracieux, sous un ciel d'une sérénité magnifique.

Les dalles représentaient une mosaïque que venait de découvrir, sous les dernières ruines de Pompéï, un de mes amis, un peintre qui s'était amusé à la reconstituer.

J'avais attaché des guirlandes vertes aux colonnes bordant ma fenêtre dont les vitres remplacées par des vitraux japonais laissaient pleuvoir dans l'eau des vasques une délicieuse lumière diffuse et langue.

C'était un « mélange » bizarre où se complaisait mon âme de jeune fille, car j'aimais, plongée dans l'eau une gaze couvrant mon corps nu, laisser vaguer mes pensées.

Un parfum quelconque brûlant dans un coin les aidait à s'envoler.

Je me reposais quelquefois à admirer mon corps, qui, adouci plus encore s'il était possible par la transparence de l'eau, semblait une peinture du vieux maître Henner.

J'aimais me figurer que j'étais une naïade.

Quelquefois en cachette, car j'étais un peu honteuse de mes caprices poétiques, j'emportais des branches de lierre, des pipeaux, et aussitôt ma femme de chambre partie, je me ceignais le front de ces verdures et la flûte en main, gardant juste mon voile qui tour à tour s'envolait, flottait, traînait à l'eau, j'esquissais des pas, des danses, des mimes devant la grande glace qui garnissait un des murs.

Je me rendis compte alors de la beauté réelle de mon corps — je crois pouvoir le dire aujourd'hui sans fausse modestie — et m'aperçus d'une facilité merveilleuse d'attitude, d'une intelligence instinctive de poses.

Je m'étonnais moi-même de la « ligne, » de la souplesse, de la grâce qui ont fait depuis ma réputation.

Ce matin-là, dans ma piscine, je pensais, encore fiévreuse malgré tout, au souper de la veille, à mes désirs, à ce vieillard et me demandais les moyens d'arriver, d'arriver tout court…

Je fus étonnée d'une nonchalance extraordinaire qui me prit lorsque je sortis de mon bain et quand je commençai mes danses, mon trouble fut extrême.

Devant la glace j'étais plus élancée, plus… élastique. Mes mouvements semblaient commandés et mon corps obéissait sans effort.

Mes yeux étaient étranges et vagues, une mer grise d'ennui semblait y avoir versé tout entière, ma tête penchait sur mon corps, telle une fleur sur sa tige.

Je me croyais un personnage fantastique d'Edgar Poë, d'Hoffmann ou de Quincey, une de ces statuettes qui semblent des sylphes de G. de Bingfeure.

Comme sur les héros de ces écrivains, une fatalité semblait peser sur moi et m'accabler, me dictant chacun de mes mouvements.

Je pensais alors à l'influence de mon personnage mystérieux et une idée à laquelle cependant j'aurais déjà dû penser, jaillit de mon cerveau.

Certes, j'avais eu l'intention de faire du théâtre, ma… position sociale. Danseuse, chanteuse, tragédienne, comédienne ?

Et l'idée qui me vint à l'esprit fut d'étudier la mime.

Ah ! être la reine de l'attitude et du geste. Sans parler, sans danser, sans remuer presque.

Mais comprendrait-on ces finesses, ces douceurs, ces intelligences ?

Ne faudrait-il pas un très grand théâtre et débuter par un coup d'éclat splendide ?

Sur le champ, je m'occupai de mon début.

Nous étions en pleine saison théâtrale, je n'avais qu'à me dépêcher.

Vite je sonnai ma femme de chambre.

Il était près d'une heure.

Elle fut surprise de ce que je me refusais à lui laisser tordre ma chevelure et soigner mon corps.

Je la pressai de m'habiller.

Je déjeunai de deux jaunes d'œuf, d'un peu de cervelle de daim ; deux doigts de vin d'Alicante firent passer le tout et une coupe pleine de petites fraises de bois serrées dans une crème rose rafraîchit ma bouche.

Je m'habillai d'un rose tendre, vaporeux, calme et effacé.

Mon pauvre petit coupé d'alors à un cheval fut vite attelé, et en route.

J'allais droit à l'Opéra.

Combien de pièces donnai-je à la concierge et aux garçons pour être reçue par un maître de ballet correct qui m'expliqua assez gentiment que pour l'Opéra les règlements voulaient que les seules élèves danseuses entrassent dans la coulisse.

Je repartis. Que de music-hall ne fis-je pas !

Partout, je fus respectée ou à peu près, mais quelle boue que ces coulisses !

Je me souviens entre autres du Grand Théâtre Métropolitain où arrivent par voiturées, chaque soir, au spectacle, tout ce que Paris contient de Londres, de Berlin, de Quimper Corentin et d'Aix en Flandre.

J'entrai par une porte cochère sous laquelle grouillait une troupe de petits Italiens en haillons. Il me fallut enjamber des chiens peu stylés et sales. Une cour continuait ce vestibule. Elle était sombre et tout encombrée de décors qui semblaient jetés là pêle-mêle dessus le foin répandu sur le bitume.

On pénétrait chez la concierge, logée dans une espèce de voûte sombre, par une sorte de trappe qui ressemblait à une guillotine dont le couperet eût été de bois.

Elle m'indiqua au haut d'un escalier un long corridor.

Dans ce corridor attendait toute espèce de monde.

Ici, c'était, accroupie par terre ou les bras croisés sur la poitrine, une troupe d'acrobates, vêtus de maillots sous leurs vestons et de leurs pantalons bon marché.

Ils étaient six, trois hommes, deux femmes et une petite que je ne vis pas d'abord.

Le père probablement, et les deux fils ; des Allemands, de solides gaillards aux yeux bleus, au front plat, pointé de taches de rousseur, sur lesquels tombaient, jaunes, les cheveux frisés à plat. Ils me regardaient avec insistance et j'avais peine à détourner mes yeux.

La mère et la sœur, l'une presque sale, l'autre d'une élégance de fille avec un jupon de soie rapiécé qui recouvrait les jambes musclées dont les pieds étaient chaussés de babouches blanches ou jadis blanches.

Et puis, par terre, lamentablement ficelé dans un bout de maillot rose, le petit enfant, presque un bébé.

Ils ne parlaient pas ou peu.

En revanche, trois écuyères se chamaillaient dans un coin. Je crois qu'il était question d'amants dont elles devaient faire le partage.

Une aurait triché.

Au bout, là-bas, une femme serpent s'essayait sur une table, en demandant qu'on ne lui fasse « pas de blagues. »

Elle se renversait, les cheveux défaits ; autour, trois jongleurs japonais s'esclaffaient, avec, lorsque ses jambes s'écartaient, tenant par leur roidissement le reste du corps en équilibre, de petits gestes lubriques.

Je m'enfuis de cet antre.

Dans un autre music-hall, un directeur répondit à mes offres de service « qu'en ce moment il n'avait pas de maîtresse » et tout ce qui s'en suit.

Pour réponse, je détachais une fleur de mon corsage, la mettais sur ses genoux et le laissais pétrifié.

Une dernière chose.

Dans un des établissements les plus corrects, du moins réputés comme tels, et où j'attendis environ une heure et demie, deux grooms en riant m'invitèrent à entrer dans un petit salon.

J'ouvris la porte. Un spectacle que je n'oserai qualifier m'attendait.

Les polissons se sauvèrent en s'esclaffant.

Sur les coussins épars, deux femmes, déshabillées, étaient là qui… horreur !

IV

CHEZ LEBRETON

Je revenais de ces longues courses, désappointée et désillusionnée presque.

Les odeurs âcres, les obscurités malsaines, les intrigues, les bassesses, les amours des coulisses m'avaient mise en un état effrayant de désespérance et d'ennui.

Je restai huit jours enfermée chez moi, ne voulant recevoir personne, languissante, abîmée en mes réflexions.

Si c'était là l'aide de mon affreux visiteur…

Il devint presque mon cauchemar.

Je finis par me demander si je n'avais pas été l'objet d'un rêve, d'une illusion.

Ma foi, c'était bien possible.

Je m'étais un peu grisée la veille et jamais je n'avais subi un pareil ébranlement de nerfs.

Et puis son marché m'écœurait maintenant.

L'image de Lebreton, d'abord furtive, se présenta ensuite à mon esprit, souvent.

Je le revoyais tel le soir de l'Opéra, la tête haute, tout clinquant, tout brillant, le plastron de chemise blanche éblouissant sous le revers de soie que tachait une fleur mirifique.

Il éclatait devant mes yeux.

Il m'apparaissait presque auréolé et comme mon sauveur.

Plusieurs fois, il m'arriva, pendant nos rêveries, de tendre mes bras vers lui, dans l'air.

Il me vint à l'idée d'aller le voir.

Certes, il me recevrait.

Alors je lui raconterais mon entrevue avec le vieil alchimiste, je lui proposerais l'alliance avec moi…

Parbleu, il ne fallait qu'un mot de cet homme pour que j'entrasse partout.

Est-ce qu'un seul de ses articles, sur l'Opéra d'*Eckmühl*, n'avait pas fait faire le maximum pendant toutes les représentations de la saison qui suivirent.

À nous deux, nous serions forts.

Son intérêt à lui serait de me bien accueillir puisque autrement je serais forcée d'être contre lui, avec l'autre.

Cet alchimiste, son ennemi, ne pourrait rien contre moi, rien… Comment le pacte avait-il donc été fait ?

Alors je me rappelai avec effroi que cet homme, à mon acquiescement, avait pris ma tête brûlante dans ses deux mains glacées, que ses yeux diaboliques m'avaient fixée de telle sorte que je m'étais évanouie ; lorsque je recouvrais mes sens il avait disparu avec ma volonté.

De là ma langueur, de là mes irrésolutions, de là ce charme fatigué et mystérieux de mes attitudes.

Je frissonnais.

Certes, j'étais au pouvoir du vieux savant, d'abord ne lisait-il pas dans ma pensée ?

Je m'excusais presque tout bas, comme on demande en marmottant pardon à Dieu, du bout des lèvres, lorsque l'on vient de blasphémer.

Mon devoir même me dictait d'aller chez Lebreton et d'implorer son aide.

Et puis mon simple intérêt me le commandait.

Une après-midi donc, je me faisais habiller. Je mettais sur ma tête un chapeau de feuillages sans voilette dont la rouille de quelques feuilles se confondait avec mes cheveux ondulés avec précaution.

Vite mon ombrelle à manche de cristal, et en route.

Mon coupé prit bientôt le chemin d'Auteuil, entre les plantations d'arbres verts qui bordaient les rives de la Seine.

C'était au mois de mai.

La voiture roula ainsi une demi-heure, traversa les villas aux grosses touffes de fusains qui débordaient des grilles et s'arrêta devant un hôtel aux volets verts, très fermés.

Seule une fenêtre au deuxième étage semblait vivre ; les persiennes étaient descendues mais leurs abat-jour étaient ouverts.

Je sonnai.

Un domestique vint m'ouvrir.

Il prit ma carte et la porta à Lebreton après m'avoir fait monter par l'ascenseur.

Je fus introduite par lui dans une sorte de grand salon rectangulaire.

Que de choses dans ce salon !

Des grenouilles, d'abord, en tout : En émail, en agate, en étain, en argent, en bois, en écaille, en or, en porcelaines.

Vertes, rayées, noires, roses, petites, grandes, minuscules et celle-là, monstre avec deux gros yeux d'émeraude.

Ici des serpents.

Là, dans cette vitrine, comme un musée de cire qui fait peur et attire :

Des têtes pâles, sinistres, superbes de souffrance ou de martyre.

Ici, sur ces tapis au poil ras, entassés les uns sur les autres, des poufs tels que n'en a pas le sultan des Indes.

Le long de ce mur, des tapisseries que le musée de Cluny envierait et rapportées de quelque Italie ignorée.

Sur la cheminée en pierre colorée, des dentelles.

De lourdes appliques d'or aux embrasures de fenêtres dont les vitraux aux lueurs d'au delà ne laissaient pas deviner quel paysage s'étendait derrière.

Et des meubles !

En bois odorants, certes les plus rares, tout marquetés d'autres bois plus rares encore ou même enchâssés de pierres précieuses.

Là une vitrine, et sans trop comprendre à ce drôle de petit machin, je lis sur l'étiquette :

PHALLUS DU ROI RAMSÈS III

J'entendis tout à coup des pas.

Lebreton entra pâle dans une robe de soie plus pâle encore, les yeux levés au ciel, douloureux, les bras chargés de fleurs.

Des bagues que je n'avais encore vues brillaient à ses doigts dont la finesse me parut plus accentuée encore et, oserai-je dire, maladive. Ses cheveux gris au-dessus des tempes étaient noirs à la nuque, presque roux, — d'un roux chaudron — au-dessus du front et ces teintes ne se désharmonisaient point entre elles.

Il vint à moi d'un pas traînant et, s'asseyant sur une grande chaise, entre deux grenouilles, il semblait être une sorte de pape de l'Étrange dans sa grande robe de soie dont la blancheur luttait avec celle de sa face.

Il avait laissé tomber les fleurs qui, roulées à ses pieds, semblaient me préparer un chemin jusqu'à lui.

J'étais troublée.

La lumière qui éclairait la pièce était blafarde et les monstruosités entassées en cette demeure commençaient à m'impressionner singulièrement.

Lui, semblait monter, grandir, s'élever. Les deux batraciens placés à ses côtés répandaient de douces fumées bleues de parfums par la gueule et l'idée qu'il était quelque dieu inconnu d'une puissance surhumaine s'empara de mon jeune esprit troublé.

Inutile de dire que je n'osais demander à cette divinité « un mot de recommandation ».

Non, je venais simplement en visite. Alors il s'excusa de sa tenue.

Il était malade, en train de travailler, mais puisque j'avais eu l'amabilité de venir, nous passerions l'après-midi ensemble.

Ses gros yeux se fixaient sur moi et suivaient les circonvolutions du serpent d'émail vert qui s'entortillait comme je l'ai expliqué autour de ma robe.

Il me demanda la permission de m'offrir à luncher, et me prenant la main, il me mena dans une salle basse, toute tapissée de l'Orient le plus fabuleux, aux sofas moelleux, aux oreillers de Smyrne immenses.

Une petite table, très peu élevée sur de petits pieds, était servie à la façon d'un pastel de Latouche.

Dans un grand cristal nageait une pâte ou confiture d'un vert qui donnait envie d'en manger.

J'en demandai.

Lebreton me regarda, fit : Vraiment ! et prenant une cuillère de vermeil attachée par une petite chaîne d'or au vase, il en puisa et, cassant la chaîne, me la tendit.

Lui-même, se couchant sur un divan après avoir éteint la lumière et s'être assuré que les portes étaient fermées, avala tout d'un trait la… confiture.

Je fis de même.

Alors, tout à coup, ma langue se glaça.

Je regardais droit devant moi :

Je sentis Lebreton qui me prenait la main. Cette main, dans les ténèbres, sembla me protéger et me faire peur. Le froid des brillants me pénétrait dans les moelles, me donnait une souffrance atroce et néanmoins, je n'aurais pas voulu qu'ils s'éloignassent.

Tout à coup, dans le noir, la gueule d'une immense grenouille apparut et je ne pus faire sortir un cri de ma gorge.

V

LES BATRACIENS

La bête était immense.

Elle apparaissait grise dans l'obscurité, avec, en noir, le croissant ricanant de sa bouche.

Et, en effet, le monstre ricanait.

Il emplissait toute la pièce.

Son gros ventre flapait dans l'air et ses deux immenses palmes battaient avec « un bruit silencieux » une invisible mesure.

Des fumées semblèrent sortir de la bouche affreuse et m'étreignirent la gorge.

J'essayai de me dégrafer.

Je m'aperçus que je l'étais déjà.

Je n'avais pas perdu mes sens et me demandais d'où venait ce malaise.

C'était la confiture verte qui en était cause. Lebreton qui en avait absorbé devait être là aussi, couché sur le divan à côté.

J'avais conscience qu'il étreignait toujours ma main, mais je ne la sentais pas.

Je tâchai de me glisser vers lui, je fis un mouvement dans l'obscurité. Je roulai brusquement à terre.

Je me fis mal, il me sembla que je tombais depuis des siècles.

Je criais « grâce » mentalement pour m'arrêter.

Alors, j'entendis, dans le noir, un grand ricanement formidable.

Je levai les yeux. C'était le monstre qui riait fantastiquement et, en l'examinant, je découvris, horreur ! qu'il ressemblait vaguement à l'alchimiste.

Mon cœur battait à gros coups.

Tout autour de la grosse grenouille, d'autres batraciens poussaient.

La main de Lebreton me semblait une de ces plantes à laquelle je me cramponnais : lotus, flèches, roseaux, qui s'enfonçaient sous moi.

Et les bêtes tournaient, sautaient, croassaient.

« Brekeke… coax… coax… »

Amphibiens, chéloniens aux pattes sans ongles, sauriens écailleux, ophidiens, cécilias, protées sans paupières, au double pénis, à la vulve triple, à l'anus colossal…

Ophidiobatraciens : cécilies, rhinotrénies, batraciens anoures, urodèles, salamandres, tritons, ichtyobatraciens, grenouilles-taureaux, crapauds pipa…

Toute l'horreur de la nature, araignées, poulpes, femmes miniatures…

Tout cela, dans le marais où je gisais, s'étreignait, s'accouplait.

C'était la saison du rut et comme on l'entend de loin dans les nuits de cauchemar, dans les campagnes, toutes ces bêtes poussaient leur hurlement, leur roulement, leur roucoulement d'envies : « olo lo o… lo lo… »

Ils « ololaient » éperdument, grimpés les uns sur les autres.

Les mâles perchés sur les femelles les tenaient puissamment sur la poitrine par leurs pattes inférieures qui s'appuyaient et restaient ainsi avec elles des jours, des semaines — car tout cela dura longtemps — sautant, plongeant par couples, jusqu'à la ponte à laquelle les mâles aidèrent en pressant sur les ventres bavants, les gros yeux levés en extase.

Puis, j'assistai à l'éclosion, à l'avortement des larves, des têtards immondes qui m'étouffaient.

Le gros crapaud qui me fixait avait encore grandi.

Son ventre enflait de la sève que ces animaux réservent là toute l'année, et, quand ce ventre fut énorme, d'un coup d'ongle, il se l'ouvrit et toute la matière de gelée blanche s'en échappa et vint me noyer, me submerger.

Ah ! ma gorge s'en emplissait et je vis le monstre s'avancer vers moi pour me prendre dans ses bras.

Je sentais en effet des bras qui me prenaient, me soulevaient, quelque chose de glacé léchait et bassinait mes tempes et quand je revins à moi, j'étais dans ma voiture rentrant à la maison.

Ce fut ma journée chez Lebreton.

VI

LE BOUI-BOUI

À n'en pas douter, Lebreton était un bizarre, un excentrique.

Peut-être n'aimait-il pas.

Quel âge avait-il ?

Les jours d'été au Bois, il paraissait bien vingt-cinq ans, avec ses souliers, son pantalon et son gilet blanc, sa canne et sa fleur.

Dans l'avant-scène de l'autre soir, ses cheveux gris lui en donnaient soixante.

Hier il pouvait bien en avoir eu deux cents et dans les moments ordinaires, avec ses cheveux teints, quarante ou cinquante.

S'était-il moqué de moi ?

En tout cas, il m'avait fait reconduire dans ma voiture et le cocher interrogé ne voulait se rappeler de rien.

Il n'avait pas abusé… de mes esprits.

Quel être !

Désormais je ne voulais plus compter que sur moi-même. Je ferais du théâtre, je débuterais comme les autres, et… à moi de me faire remarquer.

J'avais entendu parler d'un petit théâtre, assez loin, à Montmartre, où deux frères, les frères Électra, faisaient des expériences de spiritisme, de magie, avec en plus quelques attractions. Je résolus d'aller me présenter.

Je pris un simple fiacre et me fis conduire là-haut.

Ces messieurs m'accueillirent poliment et me demandèrent si je voulais passer une audition. Je dansai nue devant eux sur la petite scène ; il faisait sombre et venant d'en haut, un filet de lumière bleue filtrait. Sans me presser, languissante, les yeux attachés à terre, je faisais mes meilleurs pas.

La tête inclinée, j'observais les deux frères, tout de noir habillés, qui semblaient me regarder avec quelque intérêt.

Bientôt ils se concertèrent dans un coin ; celui qui avait un binocle, tête baissée, l'autre les yeux et la moustache en l'air.

Ils m'arrêtèrent et me conduisirent à travers les encombrements du plateau dans une sorte de trou noir qui leur servait de cabinet de direction.

Je fus engagée.

Oh ! je ne veux pas me rappeler les débats pour les appointements.

Les répétitions traînèrent un peu.

Je devais, pseudo-hypnotisée, « mimer » sur la scène, d'après un poème de M. Styx de Trèfle sur lequel M. Jacques Levaire avait écrit une délicieuse musique.

Le soir de la première eut enfin lieu. N'aurais-je crainte que l'on m'accuse de coquetterie ?…

Je dirais que je n'eus pas le moindre trac, pas le moindre…

La première alla bien.

Il y avait au moins trois habits noirs dans les loges et vaguement, dans l'éblouissement de la rampe, il me sembla en reconnaître un.

J'entrevis des bâillements qui de la scène me parurent énormes.

Deux ou trois bouquets dans le coin qui me servait de loge, dont un tout d'hortensia bleu — me firent plaisir.

Je n'eus guère notion de ce que je fis ce soir-là.

La seconde représentation fut moins heureuse et les suivantes pitoyables…

Aussi mes camarades en profitaient-ils pour m'accabler de consolations exagérées et de parti pris qui me faisaient plus souffrir encore que leur dédain.

Jusqu'aux machinistes qui, à l'abri derrière les portants, ne se gênaient point de rire.

Je n'osais me plaindre.

Piteusement, les Électra me regardaient, mais sans colère.

Le public allait jusqu'à jeter des pelures d'oranges sur la scène. Ils ne m'adressaient jamais un mot, et je sentais qu'eux comprenaient ma valeur. La vérité était que là n'était pas ma place.

De ce moment, une sympathie irrésistible se dégagea de mon être pour les frères Électra ; plus tard cette sympathie ne s'est jamais démentie.

Un soir j'eus la curiosité de regarder par un trou de la toile. Je voulais voir ce public hostile qui tout à l'heure allait m'accabler.

Au premier rang se prélassait, entre un petit garçon et un plus petit mari, une grosse dame enfermant dans un corsage crème noué d'une lavallière bleu marine et d'une ceinture bleu ciel, une masse débordante de graisse en nichons, entrecôtes, bajoues et chairs qui retombaient sur deux montagnes de cuisses recouvertes d'une robe noire et que terminaient des souliers gargantuesques et vernis.

Autour étaient disposés des ouvriers, des calicots habillés prétentieusement et lançant des coups d'œil aux quelques cocottes sales et éparses : plus sales encore que la salle.

Au fond, dans une loge, il me sembla tout à coup revoir ce plastron blanc d'habit noir qu'il m'avait semblé reconnaître le soir de la première…

Collant mon œil à la toile malgré le machiniste qui me tirait par la robe, j'essayais de voir.

Autant le machiniste que l'éclat de la rampe qu'on venait d'allumer et le brouhaha du public m'empêchèrent même d'apercevoir à nouveau.

On leva le rideau.

Après les quelques exercices préliminaires, numéros fades, ce fut mon tour.

Ma vedette avait considérablement diminué… Quant à mon assurance… elle me faisait presque complètement défaut.

J'avalai une tasse de thé à laquelle je trouvai un goût singulier.

Au moment d'entrer en scène, je fus prise de cette torpeur étrange, autrefois ressentie.

Mes pas se commandaient seuls.

Entendant à peine la musique j'avançais en dansant, comme soulevée de terre.

Les plis gracieux de mon voile flottaient comme des feux follets suivant une fée, et mes cheveux légèrement dénoués voltigeaient délicieusement.

Des bravos m'accueillirent. Encouragée je commençais à reprendre mes sens quand une véritable tempête de sifflets vint glacer mon sang dans mes veines.

Décidément c'était une cabale.

Il suffisait de quelques imbéciles pour entraîner une foule, naturellement aimante de « chahut ».

Je voulus continuer.

Les sifflets s'étaient tus et voici les quelques exclamations entendues, tandis que je continuais à esquisser mes pas :

— La môme la Bringue.

— Ell' a pas volé son nom.

— Quat' ronds, j't'emmène…

— À la campagne.

— Tu vas te casser quelque chose…

— Elle tourne déjà de l'œil.

— Tourne les talons, ça vaudra mieux…

— Elle vient de faire pipi !…

On se leva, on se bouscula.

La pluie de projectiles accompagna la pluie de quolibets. Les lustres dansaient, les balcons tournaient devant moi et tout & coup je glissai sur une maudite pelure d'orange et je tombai.

La torpeur m'envahissait de plus en plus.

Les yeux angoissés, la gorge étranglée, j'essayais de crier « Grâce ».

Désespérément je regardais les machinistes qui ne baissaient point le rideau, amusés, lâches.

Lâche aussi cette foule dont les bras terribles me menaçaient.

J'étais acculée, sans défense.

Tout à coup, faisant un effort pour me relever, je vis avec effroi une tête énorme emplir la salle.

C'était la tête de Lebreton, immense, le cou à terre, le crâne à la voûte avec ses lèvres rouges et ses cheveux teints, son rictus fantastique et son menton gigantesque.

Il sifflait, le monstre, et ses yeux lançaient des flammes méchantes.

VII

L'ARTICLE

J'étais tombée dans la mélancolie la plus profonde et j'étais désespérée.

La fin de ma période d'essai se terminait le lendemain, je l'ai dit, et il était probable Qu'ils me remercieraient gentiment.

Qu'allais-je devenir ?

Recourir les bouis-bouis, les coulisses, les cabinets directoriaux ?

Cependant il fallait percer, arriver.

Hélas ! mon aventure n'avait-elle pas couru les théâtres de Paris et fait, auprès des directeurs, ma renommée ?

Ma renommée !

Je laissai entrer le petit Valjoie qui, frénétique, m'apporta en pleurant presque « l'*Étendard* ».

Peu après je reçus tout un flot de visites joyeuses… Le succès !

Ensuite, dépliant le journal, je vis en première page un article de trois colonnes sous le titre :

« Le paradis de mademoiselle de la Bringue »… Signé Lebreton.

J'y jetai les yeux avidement.

Tout Paris, la France avait cette feuille-là entre les mains.

Cet homme terrible s'était mis avec la foule, et voilà l'explication de sa vision d'hier soir, alors que je tombais, dans le brouhaha et les brouillards de la défaite.

Mais non…

Dès les premières lignes j'étais rassurée.

Je parcourus rapidement.

Il montrait magnifiquement combien lui et les quelques artistes qui l'accompagnaient m'avaient prisée.

« C'est toute la poésie du désespoir et de la souffrance, écrivait-il : Accourez sadiques, vampires et goules, accourez pour régaler vos yeux mornes et vos âmes pourries du spectacle d'une agonie, d'une décadence amoureusement, idolâtrement idéale…

» Venez, regardez sa pâleur… Ne dirait-on pas une morte sortie de son tombeau et marchant sur ce fond de drap noir… Dites, est-ce que l'on ne pourrait croire, ne serait-ce le rose de ses joues, qu'on lui a sucé tout son sang ?

VIII

L'ENTREMETTEUR

Un matin que, paresseuse, je lisais *Monsieur d'Astarté*, une œuvre de Lebreton, ma femme de chambre m'annonça :

— Un drôle de monsieur.

Le drôle de monsieur entra sans façon, prit une chaise et s'installa.

J'étais encore au lit.

Je le regardais, étonnée de ce sans-gêne. Ce petit monstre avait le nez retroussé jusqu'aux cheveux et le menton en forme de concombre.

De grosses lunettes cachaient non pas ses yeux dont l'un était énorme et l'autre à peine visible, mais son front tout noir, tout velu, tout coulant d'une sueur qu'il essuya avec un mouchoir bordé de jaune, d'un revers de son bras. Une redingote verte l'habillait mal, cachant avec peine un pantalon jaune et un gilet gris à boutons de cristal.

La bouche était édentée et semblait baver continuellement sur une cravate large, sale et effilée, coupée, dont la primitive couleur avait disparu. Quant aux souliers, je n'ose en parler ; du parapluie immense et dégouttant d'eau sur mes beaux tapis, encore moins.

Il salua légèrement.

— Bonjour, madame.

Je m'inclinai.

— Monsieur…

— Voici, chère madame, Ce qui m'amène… Excusez…

Il sortit une tabatière de sa poche, et se mit à priser, longtemps, comme sans se soucier de moi.

Mon valet de pied eût été là que j'eus fait flanquer incontinent ce personnage par trop sans-gêne à la porte. Il devina ma pensée probablement, car il fit, levant sa main sale :

— Voici les propositions que je veux vous faire :

» Je n'ai pas besoin de vous dire, je pense, combien est influent M. Lebreton qui, par l'article qu'il fit sur vous, obligea le théâtre des Électra frères à refuser une foule innombrable de personnes.

» Eh bien ! voilà : il faut que votre destinée soit liée à la sienne.

» Il faut que vous viviez tous les jours à ses côtés.

» Oh ! soyez tranquille, jamais vous n'aurez besoin de vous livrer à lui. »

En aparté, l'horrible petit homme ajoutait :

— Comment ferait-il, le pauvre !

Il reprenait :

— Vous comprenez votre gloire d'être au théâtre, au pesage, aux salons, aux plages, à son bras ?

» À moi de lui dire — car, ciel ! ce n'est pas lui qui m'envoie — ses avantages. »

Il était évident que l'offre du bonhomme était tentante.

Je me voyais déjà au bras de Lebreton, voyageant de Nice à Ostende, des Champs-Élysées au faubourg Saint-Germain ; c'était, il le disait, la gloire.

Que l'offre vînt de Lebreton ou non, peu importait. D'ailleurs, il était fort probable qu'elle ne venait point de lui.

Le bonhomme me dit alors :

— Vous hésitez… donc, vous acceptez. Vous vous seriez mise en colère… je serais simplement revenu. Je m'en vais de ce pas parler à Lebreton… Oh ! je ne demande rien d'avance.

Quinze jours après je recevais cette carte :

J. LEBRETON

15, quai d'Auteuil, villa Jaune,

Vous recevra le…

IX

LA FÊTE CHEZ LEBRETON

Lebreton donnait une fête dans la villa d'un de ses amis, dans l'île de la Grande-Jatte.

Il l'appelait « Villa jaune » à cause des touffes de verdure d'or, des sables et des reflets de ses bassins, sans cesse caressés du soleil.

La fête commençait à minuit.

Il avait imaginé un sabbat gigantesque.

Des clôtures entouraient tout le jardin.

Et c'était, baigné de lune, l'éclairement d'une centaine de lampions fumants, rouges et jaunes, qui brûlaient dans le parc avec des odeurs d'encens bizarres et roussis.

Lorsque j'entrai, je crus, sur ma foi, faire un rêve.

Deux gardes municipaux de cire tenaient allumées des torches de pompiers. Je passai entre eux et me voilà dans le jardin.

Je suis tout à coup saisie par deux sortes d'ours et mise à nu.

Un balai dans mes mains et une petite marmite qui pendait à mon cou par une chaîne assez lourde, furent mes seuls vêtements.

Poussée dans le jardin, je fus d'abord seule.

Les jets d'eau coulaient, colorés, sous le ciel blafé de lazuli-lapis.

Je m'aperçus que le sol du jardin avait été couvert de mousse.

C'était en été.

Dans un coin de bosquet tout à coup éclatèrent des cris.

Je tournai un massif et là je fus témoin d'un spectacle étrange.

Une vingtaine de faunesses, nymphes, naïades, nues, s'acheminaient, la tête couverte de fleurs, à côté de pans, de satyres, tournant en rond autour du petit monticule du jardin.

Lebreton, sur le sommet, en Satan, avec de grandes cornes, battait la mesure, le rythme du pas.

Il m'aperçut et me fit signe de vite me mettre du cortège qui entrait dans l'antre.

Une des grottes artificielles avait été aménagée et au centre bouillait, dans une énorme chaudière, une simple bouillabaisse.

Il y avait là, assis nus et les chairs arrougies par la flamme, toutes et tous.

Ajax, superbe en Lucifer, le nez crochu rejoignant le menton en galoche, les muscles bien saillants.

Il y avait Juliette de l'Orne, avec ses grands cheveux dénoués, sa chair blonde, qui tenait sur ses genoux la petite Cravate, des « Fixités, » les plus belles jambes de Paris.

Le critique des critiques, le vieux Tibulle Bouc, au ventre gras, s'étalait veulement sur Henri des Dragons dont l'amie, la petite Antarticque, mangeait avec Paulette (la deuxième amie), une langue de grenouille donnée par Diane l'Élancée, dont les chairs paraissaient vertes et osseuses.

Le petit Sobj semblait bossu ; quant à la belle Caramanjo, sapristi, quelle belle bête !

Elle avait sauté sur les épaules d'Ajax qui l'avait jetée dans la chaudière vide et dans laquelle, mieux que dans un bénitier, elle s'était débattue en jurant en portugais par toutes les *pùtas* et les *cùlas* de là-bas.

Lebreton nous avait servi la bouillabaisse, suivi par les frères Électra, Valjoie et André Lefoy de Saint-René, tout fier de pouvoir enfin se montrer épilé.

Mademoiselle Méo de la Clef personnifiait l'Amour sans le faire, et un grand vieillard à la barbe blanche, M. du Congo, lui servait d'eunuque.

Mais le plus beau de tous était sûrement, après M. Lavieille-Ernestine, le petit Fabrica de Delphes, que l'on appelait familièrement le chien (ou la chienne) de Lebreton, et que fustigeait avec des cordes André Mouche, dit le Roy des Tarés.

Il marchait à quatre pattes et avait un boa de femme autour du cou.

Le Radjah des Indes était représenté par M. G. Laborgne.

Le champagne solidifié à peine avalé, nous allâmes à la Messe Noire.

X

LA MESSE NOIRE

Une sorte de cave rectangulaire et très obscure, dans laquelle cela sent le moisi, le rance, l'humidité.

Cette cave est mi-partie dallée de carreaux rouges, mi-partie laissée à même le sol graveleux.

Tout autour étaient disposées des loges, garnies de velours rouge et plantées de clous de diamant ou de strass.

Au fond, sur une estrade dressée et recouverte d'un drap noir, était un bouc, agenouillé de force par des chevilles de bois et qui semblait très mal à son aise, ramassant de sa langue blanche l'écume qui pendait à ses lèvres.

Nous fûmes plongés dans l'obscurité pendant un quart d'heure.

Un coup de gong tout à coup retentit et les valets vinrent apporter des flambeaux.

Nous avions pris place tous, dans les loges, toujours nus, mais avec nos chapeaux sur la tête.

Bientôt une grande bassine de cuivre rouge fut apportée et placée sur un cercle tracé au milieu de l'endroit.

Et tout autour vinrent s'agenouiller aux sons d'une drôle de musique d'immenses et vieilles femmes grasses et grosses, aux chairs fantastiques et rougeaudes s'écrasant par couches molles.

Elles marmottèrent des incantations devant le grand prêtre desservi par trois littérateurs, Paul Ève, Croisârose et Richequeue.

Une grande lame acérée dont la vue faisait frémir circula parmi le groupe et tout à coup les vieilles folles se mirent à taillader leurs cuisses énormes en copeaux.

Il y avait là G. Leborgne, le premier reporter du *Don Juan*, qui en a fait, je crois, un article. Je vis aussi le blond Pierre Pilond, le courriériste théâtral Kundorff, qui ouvraient de grands yeux.

On avait passé le sabre à un nègre et à une petite fille aux cheveux et aux yeux jaunes qui durent se vider les entrailles et le reste.

Encore un coup de gong, l'obscurité, et enfin, sous toutes les lumières, le sacrifice !

Le prêtre apporte, raidi, le corps d'une jeune fille délicieusement blonde et une étole la recouvrant jusqu'au nombril, débite des salamalecs, lui crache sur le front, l'arrose d'urine et bientôt, avec des lanières, voilà toutes les goules qui frappent ce beau corps pâle jusqu'à ce qu'il soit strié, marbré.

Le prêtre alors prend le sabre, fait une entaille dans le flanc et dans le sein de la jeune fille et y trempe des hosties qu'il pose en rond sur son ventre.

Le sang coule doucement.

De ce sang, avec une farine noire est pétrie une galette découpée que l'on nous distribue.

Avec effroi nous voyons des boucs lâchés où nous sommes. Ils puent.

On égorge celui qui est sur l'estrade ; des danses de forcenés s'échevèlent et les bras en l'air, sautant, voilà Lebreton qui crie, noir, rouge, pataugeant dans le sang :

— Au sabbat ! Au sabbat !

XI

LE SABBAT

Et nous voilà tous dans le jardin, sur le petit monticule qu'entourait toute une haie de torches qui laissaient à peine voir une campagne dévastée, avec en tête Félicité Saurien de Champs et Vande de la Janère qui n'avait pas abandonné sa face-à-main.

Toutes les grenouilles, tous les crapauds, tous les serpents même des bassins avaient été retirés et, à cheval sur les balais, nous pataugions là-dedans et le sang qui y était répandu.

Bientôt ce fut charmant.

Grâce à ce que nous avions vu, de la chaudière, dans l'antre, nous fûmes, mi-cauchemar, mi-réalité, dans un authentique sabbat.

Grouillant, grognant, glapissant, hurlant, sifflant, rampant, volant, chargeant, arrivaient et dégringolaient, accrochés aux ailes, aux griffes ou en chaînes formées d'anneaux de serpents, tous les oiseaux de nuit et tous les monstres, chauves-souris et vautours fauves, rats, chenilles, dragons ailés, griffons, grands-ducs, chouettes, hiboux, stryges, larves, harpies, goules, léviathans, loups-garous, boas et crocodiles, zingaros, korrigans, lutins, follets, dracs, mammouths, puis tous les nécromants en robes, sorciers, sorcières, astrologues, squelettes pourris, foies, cervelles, têtes de morts se jouant à la balle, araignées et leurs toiles immenses, poulpes aux yeux de un mètre, qui nous flapaient les faces et les cuisses, mages, sorcières à cheval sur des boucs, pendus, fœtus grouillants, limaces, culs-de-jatte éventrés et guillotinés, pieds-bots, cœurs vivants, phallus, rabbins, nègres, journalistes, acteurs, calicots, sénateurs, dont un au nez crochu et aux favoris blancs…

Tout cela jouait, sur des instruments indescriptibles, un concert plus indescriptible encore.

Puis, ce furent les conjurations.

Satan envoie les loups dans les bergeries, des poux à Lavellan, des amis à Lebreton, des morues à Champsaurien, des almées à La Janère et des petits bouclés à Tibulle Bouc…

Cheville Ajax afin qu'il ne fasse plus son eau, etc., etc… Et bientôt le serment de faire les quinze crimes ci-dessous, plus d'autres :

Nier Dieu et toute religion, maudire, blasphémer, dépiter, faire hommage au diable, l'adorer et lui sacrifier, vouer ses enfants à Moloch, ses parents aux égoutiers, faire le service du diable et jurer en son nom, être incestueux, ne s'accoupler qu'entre père et fille, frère et sœur, fils et mère, manger de la chair humaine et allaiter les enfants de chair et d'urine, faire mourir le bétail, s'accoupler entre hommes, entre femmes, entre gens et bêtes…

Et c'était alors la danse infernale et la mise en action de toutes ces recommandations.

Dans les marais, les femmes essayaient de violer les boucs…

Elles avaient beau caresser et lécher les hippopotames, les singes, les chiens et les boucs, et même les hommes…

Tibulle Bouc s'efforçait sur une latte de cuir, Lebreton cherchait à entraîner un faune et toutes les femmes, cuisses dégouttantes, hurlaient, joues en feu, cheveux au vent, bruyantes de baisers, les yeux fous, écarquillées, sanglantes…

Un pim-poum de sapeurs-pompiers attirés par la rougeur des torches nous mit en fuite. Nous nous réfugiâmes chez Lebreton et le lendemain nous étions chez nous.

Comment ?

On ne le sut jamais.

XII

AMITIÉ

Les chevaux de bois qui tournent en ce moment sur la place des Invalides l'avaient certainement moins en sapin que moi ce lendemain matin-là !

Oh ! mes aïeux ! comme s'écrie la joyeuse commère de la *Grande comtesse de Kursaal* d'Alphonse Dosvert et Champelin de Davos.

J'en fis un tour à l'Hôtel des Ventes.

C'était la vente des toilettes et bijoux de Bonda de Wanza, la sociétaire du Théâtre-Parisien.

J'étais venue avec l'intention d'acheter quelques menues choses, accompagnée de ma femme de chambre, mais toute une meute de vieilles sorcières, presque aussi laides que celles de la veille, se disputaient au premier rang, de leurs ongles crochus, les dentelles et les rubans.

Tout à coup, je sentis entrer dans mon jarret un genou puissant, frôlant sous les dentelles et les linons ma cuisse.

Je me retournai avec peine dans la foule et je reconnus le comédien Ajax qui me demanda la permission de me présenter quelques sorcières de la veille et que je n'avais pas vues, M. Pierre de Loto, un ancien officier des arrière-trains, M. Henribor, Guskanave et deux terribles polémistes : M. Laure de la Tailleuse et M. H. Larochebelle, marquis au toupet blanc fameux.

Nous devions tous aller aux arènes de Moutons voir Ajax jouer dans une tragédie de Lebreton, *La Beauté de la nue*, où il devait être tout nu, enchaîné sur un roc, musique de Nazillard-le-Saint.

Nous y fûmes.

Ajax se fâcha avec Lebreton parce que Lebreton lui souffla Julienne de l'Orne, une dispute de rien, à propos de sucre d'orge ou de porteplume, je ne sais plus au juste… et avec Nazillard-le-Saint, pour lui avoir dit… Cambronne !

J'emporte pour souvenir de cette représentation, toute petite, les jambes d'Ajax, joliment faibles !

Naturellement je m'en fus du côté de Lebreton, qui, quinze jours après ces événements, était heureux de noter que mademoiselle Dejane avait envoyé à ding… d'une formidable gifle le comédien coupable d'une de ses grosses goujateries ordinaires.

Il s'en vengea, Ajax, sur le petit Fabrico de Delphes qui sans Mondar eût peut-être été assommé au Zimmer, devant tous les comédiens du Théâtre Rachel-Rose, et quelques auteurs, dont Renoy, qui venait de faire jouer avec succès *Le Fils de Louis XVI*, et Andrynelve dont *Le Spadassin* avait enthousiasmé la jeune littérature.

Lebreton et moi avions vite fait une paire d'amis, et d'amis tout court. Beaucoup nous supposaient amants.

Nous laissions croire la foule.

Lebreton était d'ailleurs le meilleur garçon qu'on pût supposer.

Ensemble nous visitâmes Marseille, où il est plus connu que la Cannebière, Toulon, Nice, et l'Italie.

Oh ! ces promenades en gondole dans les noirs canaux de Venise, sous des lunes d'argent, pendant la chanson du gondolier ou les descriptions que Lebreton semblait se dire à lui-même…

Florence, Mantoue, Gênes, Naples… Naples et sa baie, son port, le Vésuve…

Voyage de rêve, troublé par aucun désaccord…

Entre temps, Lebreton me faisait jouer dans tous les grands théâtres des villes et je devins ainsi très populaire.

À Paris, il me fit redébuter dans un ballet, tiré d'un de ses contes : *La Reine au Pôle sud*, musique d'Arpège et qui eut le plus grand succès. J'étais alors tout à fait lancée et je vous dispense, lecteurs, des descriptions de mes autres représentations.

XIII

LES VADROUILLES

Dieu ! les vadrouilles que nous fîmes !

D'abord aux Halles où à trois heures nous mangions la soupe à deux sous pour, un quart d'heure plus tard, souper chez Labretelle à deux cents francs par tête.

Chez Labretelle où nous rencontrions parfois Ajax, farouche, accompagné de marlous venus du dehors ou achalandés à la maison !

Ou bien, à *l'Ange gardien* où nous nous attablions parmi des gens qui ne parlaient que de s'ouvrir le ventre et avec lesquels nous parlions gentiment.

Ensuite à Montparnasse.

La salle des Mille-Colonnes où Lebreton arrivait avec des Levantins qui faisaient courir des chevaux et avec Julienne de l'Orne.

Il payait des tournées terribles en disant aux gonzesses :

— Tiens, regarde, tu vois… eh bien, tu trinques avec Julienne de l'Orne.

Souvent il dansait le cancan avec les megs, dont plusieurs me faisaient la cour, et il lui arriva une fois d'échanger son pantalon de nankin contre une de leurs cottes bleues et de quadriller ainsi.

On le faisait un peu marcher.

Il payait des defs chez le petit troquet du coin, en face le théâtre « Au Marin », spécialités pour hommes et jeunes gens, et que tenait un vieux philosophe.

Ce qu'il y fut chahuté ce pauvre Lebreton, qui riait jaune ; enfin il finit, après une forte tripotée, par ne plus y retourner.

Nous allâmes alors au café-concert d'à côté où nous louions la grande avant-scène.

On nous reluquait, on nous engueulait, surtout Lebreton avec son air crâneur et insolent.

Un soir, comme dans la revue on jetait des fleurs, nous nous mîmes à lancer des sous.

On nous fit une petite ovation qui nous encouragea à revenir et à recommencer.

Mais on finit par nous huer et nous siffler de la belle façon et la bande des titis, divisée en deux camps, finit après une rixe à nous courser.

Par miracle, nous échappâmes aux coups de couteau.

Je me rappelle aussi un bal chez G. Deleau, le peintre qui avait fait la couverture de M. d'Astarté.

Il y avait là toute l'aristocratie.

Depuis madame de l'Écusson-Vert jusqu'aux princesses de Bourges…

En Salammbô, en princesse Empire, en reine exotique…

Les lustres brillaient, les laquais en livrée gardaient les portes quand voici tout à coup mon Lebreton qui arrive avec une casquette à trois ponts, un maillot, une ceinture rouge, des rouflaquettes et des pantalons à patte d'éléphant…

Il se met à crier dans la cheminée :

— Eh ! la môme, vas-tu descendre ?…

Rachelde s'amène en pierreuse, les yeux pochés,… elle, le littérateur du *Mars François*, au grand ébat de ses confrères, madame Savarin et Guibolette, l'antisémite comtesse du Marseau avec ses dents de cheval et son faux chignon. Jusqu'au père Colibat qui en riait, l'auteur dramatique des grandes colères, et au blond Feligus.

Je fis la connaissance, là, d'un tas de gens : Dom Gardé, un petit arriviste plein de tact avec presque du talent, Maurice Delcœur, un gentil garçon très snob, Karkachel, le cousin de la grande tragédienne, Oureyre, le dessinateur à la mode, Navarin-Mercure, le comédien créateur de *Il pleut*, les petites Fleurette et Amber ; Guiribe, un autre dessinateur, de Buci, un auteur, Berri, et des tas d'autres…

Où ne vadrouillâmes-nous pas encore !

Mais les vadrouilles les plus fantastiques étaient à la fête de Saint-Cloud où Juliette de l'Orne abattait les bonnes femmes des jeux de massacre et montait dans les balançoires tandis que Lebreton, à toute force, nous faisait monter sur les chevaux de bois, les cochons ou les vaches.

Un jour il se débarrassa ainsi, alors que nous étions avec R. Leffar, de Cacatoès, le directeur du *Crayon*, qui avait pris pour excuse de nous raser un article paru sous la signature de cet insupportable Laborgne, sous la rubrique « Grimaces parisiennes ».

On revenait par le café Florentin où s'absinthaient La vieille Ernestine, Henry Pernot, Gobillot, Choix, Marslesot, Noël Effur, Français, Tibulle Bouc, Joffroy, Moinelingue, De Styx des Trèfles et quelques autres littérateurs.

Bientôt nous en eûmes assez.

XIV

LA NOCE

Ah ! la noce, l'alcôve, le lit, le billet de mille francs qu'on met sur le coin de la cheminée, la perle qu'on reçoit !…

Tout cela me fait l'effet d'un long bâillement avec deux bras blancs bien étirés.

De gros banquiers, ventrus, pansus. Des petits jeunes gens, des maris, des vieux…

Oh ! fi ! fi ! fi !…

J'amassais de gros sacs.

Le soir, à la sortie des Gaietés-Printanières, ils étaient fiers de venir me prendre sous le bras et de passer entre les deux haies de curieux, attendant là ma sortie. Je montais dans leur coupé ou leur auto.

Là-dedans, c'étaient toujours les mêmes plaisanteries faciles et fades.

Fouette cocher vers chez eux ou chez moi.

Je faisais toujours grise mine.

Quelques-uns m'aimaient pour de bon.

Un même m'assura qu'il y avait de quoi.

C'était toujours la même cérémonie. À toute force *ils* voulaient me déshabiller.

Alors, je les mettais en pénitence dans le cabinet de toilette réservé à eux et où ils ne manquaient jamais de casser quelque chose.

Ça, c'était prévu dans les frais généraux.

Je n'étais pas mauvaise fille, au fond, et je faisais… tout ce qu'ils voulaient.

Mais il est vrai que je savais, moi aussi, leur faire faire ce que je voulais.

Cependant toutes ces surexcitations finirent par me donner comme une maladie de nerfs, je devins presque folle et dans une soirée chez Lebreton, ivre, je répondis à un amoureux que j'avais jusqu'ici éconduit et qui me demandait ce que je voulais :

— Un de tes yeux ! et j'éclatai de rire.

Je me renversai sur le sofa où je m'endormis.

XV

LES YEUX

Je fus réveillée par ma femme de chambre qui, tremblante, j'étais alors chez moi — vint m'annoncer ce monsieur.

Comme à l'ordinaire, je refusais, mais la domestique me tendit alors, sur le plateau d'argent, une carte dans une enveloppe, avec quelque chose de rond et de gluant, collé après…

C'était un œil tout saignant.

Je hurlais presque au secours, ordonnant qu'on le mît à la porte, mais lui, cassant tout sur son passage, l'orbite sanglante, rouge, s'élança vers moi en s'écriant :

— J'ai tenu ma promesse, à toi de tenir la tienne.

Il était hideux. Il avait refermé la porte et nous étions seuls, moi en chemise, au lit, renversée, lui un genou sur ma poitrine.

Je ne pus crier, il avait sa main sur ma bouche.

Il m'embrassa et je sentis la chaleur horrible du trou vide de son œil. Bientôt ses griffes enlevèrent les draps, déchirèrent les linons et sa jambe frôla ma cuisse à nu.

Ses genoux de force écartèrent les miens, il s'avança, s'écrasa et brisée, meurtrie, je subissais sa jouissance atroce.

Quand je revins de mon évanouissement, Margarita était là ; mais je me mis à crier en voyant ses yeux.

C'était une obsession.

Des yeux couraient, sautaient devant moi.

Je voyais des orbites vides.

Il me semblait manger des yeux.

Euh !

On dut me transporter à l'hôpital où les infirmières avaient des visières pour que je ne visse pas leurs yeux…

Ah ! l'affreux cauchemar. Quand je me réveillai de dessus le sofa, mon amoureux était toujours là et me regardait avec ses deux beaux grands yeux.

Il ne sut jamais pourquoi je lui sautai au cou.

XVI

LA FÊTE DES FLEURS, LE TRIOMPHE

Ce mois de juin-là, j'allais être sûre de mon triomphe et de mon universelle, — eh ! oui, — renommée.

L'été s'annonçait splendide et brûlant et les boulevards éclataient de soleil sur le blanc de l'asphalte et le vert des arbres.

Les terrasses des cafés, bruyantes, regorgeaient de monde, de promeneurs, d'étrangers ou de boulevardiers en costumes d'été.

Les pantalons blancs cassaient leurs plis impeccables de coutil sur les souliers jaunes moulant les pieds sur les chaussettes de soie à petites fleurs.

Les canotiers et les panamas ou même les feutres clairs se jouaient gaiement sur les têtes épanouies d'un sourire et dont les yeux brillaient à l'égal des petites fleurs piquées d'un geste à la boutonnière.

Les gilets de couleurs vives alliées aux cravates blanches sur les chemises molles aidaient au charme, et toute la ville semblait en gaîté de soleil.

Depuis les commerçants, en bras de belle chemise blanche empesée sur le pas de leur porte, aux marmitons en cours, depuis l'employé jusqu'au sportsman ou au gendelettre affairé, tous semblaient légers, chargés de la sève nouvelle que le printemps, ce magicien, ce médecin sublime et divin, mettait dans leurs veines.

Or donc, un matin de ce juin en floraison, je reçus cet aimable billet de Lebreton :

« Chère amie,

» Vous savez le plaisir que j'ai de votre compagnie ; aussi pour la fête des fleurs après-demain, avais-je fait demander une entrée de voiture pour un de vos coupés ou le mien, afin que nous puissions passer cette journée ensemble.

» Certes, j'aurais été heureux d'avoir en ma voiture la plus jolie fleur de la fête, — ne me grondez pas, chère, pour ce compliment, — mais d'un côté mon éditeur m'appelle à télégrammes réitérés pour une affaire de toute urgence, d'un autre une migraine effroyable me force à ne pas subir un charme trop violent.

» Ci-joint, donc, avec mes excuses, le billet et quelques fleurs dont vous accepterez, pour mon pardon, le présent… »

En même temps, ma femme de chambre introduisait deux jardiniers chargés d'un monceau de ces orchidées des Indes, à taches blanches et or, dont je savais les plants rapportés par Lebreton de Bénarès, la ville sainte.

Ils me disaient qu'une voiturée de petites roses m'attendait en bas et que le cocher, aidé du valet et de leur apprenti, garnissait déjà ma victoria.

Je dis à ma femme de chambre de servir un grand verre de malaga à chacun, mais le plus osé de ces galants rustres en sabots me demanda pour toute récompense ma main à baiser, ce que je lui accordai de grand cœur.

J'avais justement ma robe toute de linon clair sur laquelle je fis coudre une garniture de petites roses encore en bouton et qui, le surlendemain, seraient dans tout leur épanouissement.

J'avoue certes avoir eu quelque impatience, mais deux jours ne sont pas si longs… et celui de la fête arriva.

Le soleil brillait d'un éclat magnifique.

Inondant d'or ma couche, il m'éveilla, tout doucement, avec une caresse enchanteresse et discrète.

Je sautai joyeusement hors de mon lit, meurtrissant même mes pieds roses sur la peau de léopard que m'avait donnée Ajax, et j'appelai ma femme de chambre, étonnée vraiment de me voir si matinale.

Il était à peine onze heures.

Il est vrai que depuis longtemps attendaient déjà, dans l'antichambre ou le petit salon, épileuse, masseurs, coiffeur, manucure, parfumeurs et marchandes à la toilette.

Je prenais mon bain toute seule et m'amusais à jeter de l'eau aux ibis de céramique qui mangeaient des grenouilles

— encore ! — sur les murs.

Après un léger déjeuner, je me mis au piano où j'interprétai mes deux dernières valses : « Amour Violent » et « Grise d'Amour » ; enfin, je partais vers trois heures.

Ah ! le magnifique ensoleillement de cette avenue du Bois !

Les équipages reluisaient à neuf et les glaces envoyaient des reflets éblouissants.

Les cochers joyeux, malgré leur air guindé, agitaient légèrement leurs fouets enrubannés.

Mais Dieu ! qu'il fait chaud.

J'étais seule dans ma Victoria fleurie, les orchidées en avant, avec le cocher, moi, dans mon bain de roses.

Ce pauvre Lebreton eût eu, en effet, bien chaud et je me l'imaginais soufflant et désappointé, des rigoles de sueur « désagrégeant son fard », comme il l'écrit pour les vieilles coquettes.

Vers les portes du Bois l'encombrement des voitures, déjà serrées, augmenta et au contrôle, ce fut pis.

Là je commençai à être un peu gênée.

Sans comprendre encore que je les devais plus à ma réputation qu'à la façon dont était fleuri mon panier et même à ma beauté, je m'étonnais beaucoup des yeux braqués sur moi.

Quelques coups de chapeau me firent plaisir dans cette foule.

Enfin, je passe le guichet et me voilà dans cette grande avenue de Longchamps.

75

XVII

L'APOTHÉOSE

Vous savez ce qu'est cette magnifique voie, sablée du sable le plus fin.

Ce sont des arceaux continus de verdure sous un ciel bleu d'une limpidité sereine, douce.

Les platanes aux larges feuilles et aux écorces tombantes se mêlent aux acacias odorant fort sous leurs troncs robustes et bien serrés et coupés de temps en temps d'un tilleul qui secoue ses fleurs blanches dans l'air.

Le beau Phébus de juin dorait toute cette belle verdure dont l'ombre, jetée sur nous, adoucissait l'éclat.

Et l'on roulait dans ce lieu de rêve, sous des guirlandes lancées d'un bout à l'autre des arbres ; à travers l'allée, les files de coupés, de phaétons, de victorias, de landaus, passaient, doucement au pas, fleuris de rouge, de vert, de jaune, de blanc, de violet…

Les fouets striaient l'air tandis que les chapeaux haut-de-forme des cochers et des valets faisaient une grande ligne noire symétrique qui faisait ressortir plus encore, et sans cacophonie, les beautés étendues là, à perte de vue.

J'étais habillée, l'ai-je dit, d'un linon crème.

Un chapeau de dentelles ombrageait ma chevelure, ondulée comme celle de Vénus.

Oh ! la belle journée !

Les carrosses passaient, escortés de cavaliers.

Les chevaux piaffaient sur l'asphalte, leurs mors d'acier brillaient et s'entrechoquaient et l'écume lancée par les naseaux frémissants retombait sur les roues enguirlandées de fleurs. Et comme on ne voyait plus le sol, nous semblions, sur un nuage divin, traînées dans des corolles par des bucéphales de rêve…

Celle-ci était habillée de fils d'argent tressés et coiffée d'une immense fleur, celle-là avait comme une cuirasse d'or et des pieds de porcelaine ; cette autre semblait engoncée dans de l'écaille…

Aucune ne semblait laide sous les poudres légères, et dans la sérénité universelle qui planait sur cette atmosphère de douce ivresse, personne n'aurait voulu chercher la laideur.

Je vis passer la belle Caramanjò, superbe en une robe noire, l'œil allumé, dans une voiture toute de fleurs rouges éclatantes, avec des points jaunes.

Elle avait avec elle un magnifique Espagnol, Castillon, qui semblait farouche et tragique.

Le signal avait été donné et tout à coup, dans les jets entrecroisés, on aurait cru marcher sous un dôme continuel et vivant de fleurs.

Là ce fut mon apothéose.

J'avais fini par comprendre les regards.

Tous et toutes m'enviaient moi seule, certes.

Oui, je compris toute ma gloire…

Car là, je n'étais pas avec Lebreton.

C'était pour moi… pour moi seule. J'exultais et cependant, un tout petit sourire aux lèvres, je faisais semblant d'être impassible.

Divinité adorée par les foules et qui marche…

Je saluais certes plus que le président de la République revenant du Grand-Prix.

Je ne savais plus, et c'était certes le cas de le dire, où donner de la tête.

Les coups de chapeau se multipliaient sur mon passage.

Longs et inclinés ou bien corrects et soignés ; amicaux, admirateurs tous.

Caramanjó en devenait plus rouge que ses fleurs, et la belle petite Méo de la Clef, que j'avais surnommée *La Porte sans Oreille*s, faisait semblant de ne pas me voir, passant guindée dans sa voiture toute pleine de fleurs des champs.

J'avais moi des fleurs jusqu'aux coudes et elles débordaient tout à fait littéralement de ma voiture.

Quant à Gypette, dans une Victoria où il n'y avait que des bleuets, elle était trop occupée, prenant pour elle les fleurs que l'on jetait à sa jeune femme de chambre.

Seule la bonne figure de Lavarine me sourit en passant dans ses immenses brassées de marguerites, heureuse de mon succès.

J'avais fini par tomber pâmée sur mon lit de fleurs et c'est ivre que la voiture me ramena, dans le crépuscule, sous le soleil orange qui semblait faire une auréole à ma splendeur.

XVIII

SÉRÉNITÉ

Le luxe, la gloire et l'extatique ivresse fatiguent vite.

Mon éternelle langueur, non contente d'appesantir mon corps, vint s'installer en mon frêle cerveau.

Mes joues, tour à tour roses et vives, s'apâlissaient.

Mon cœur lui-même semblait tictaquer au hasard, tantôt avec fièvre, tantôt lent désespérément.

Bref, le médecin ordinaire de Ma Personne m'ordonna bientôt un régime qui m'enchanta.

Un mois dans un petit trou bien perdu au fond de quelque province où tous les tourmenteux plaisirs de la vie de ce qu'il est convenu d'appeler le monde, ne me relanceraient pas.

Je décidai donc mon départ pour Roscoff, délicieux petit village breton sur le bord d'un golfe calme, d'un calme… et bleu, d'un bleu…

Oh ! la poésie douce et pittoresque de ce beau pays qui semble sauvage et qui est doux, inhospitalier et qui est le plus familier !

Ses vallées étroites, ses grands châteaux croulants, ses maisons de chaume, les pâtres, les troupeaux…

Grandes forêts de genêts immenses, plaines de bruyères où se dressent, fantômales, les pierres des dolmens ou des menhirs.

Bruits de vents, de flots, de roches…

Landes interminables, brouillards roses.

Chèvres grimpantes et oiseaux marins, légers…

Paysans aux longs cheveux, aux vestes brodées, aux sabots de bois, dansant avec les coiffes dans un coin d'auberge, au son de quelque biniou grimpé sur un tonneau.

Oh ! la franche et bonne poésie…

Je me rappelle les lignes que Chateaubriant, enthousiaste, écrivait sur sa terre natale.

Ou bien les vers de Brizeux :

> O landes ! ô forêts ! pierres sombres et hautes,
> Bois qui couvrez nos champs, mers qui battez nos côtes,
> Villages où les morts errent avec les vents,
> Bretagne ! d'où te vient l'amour de tes enfants ?
> ....

Je m'en fus donc à Roscoff, où un petit, tout petit château m'abrita.

C'était, perché sur un rocher abrupt, le restant de quelque demeure seigneuriale, une bâtisse en pierres dures exposée aux bons vents de l'ouest tout imprégnés des senteurs marines.

Le toit était en briques rouges et de hauts vitraux éclairaient de grandes salles gothiques où, les soirs de lune, flambait un grand feu qui se reflétait dans les vagues à une longue distance.

Des barques, parfois, venaient jeter leurs filets là, — car l'eau était profonde sous les roches — et leurs chants naïfs et charmeurs emplissaient mon cœur d'une douce allégresse.

D'autres fois je m'en allais à pied par les landes et ne revenais qu'au crépuscule, alors que de grandes bandes sanglantes striaient le ciel d'azur et d'or au-dessus des collines.

Un soir, je fus ainsi surprise par l'orage. Un pâtre robuste, qui rentrait sa chèvre, m'offrit l'hospitalité sous sa hutte.

Nous nous assîmes par terre, sur une peau, et mangeant du bon fromage blanc et de la crème avec un grand morceau de pain de ménage, nous avons regardé côte à côte le ciel gris qui menaçait, tout chargé de pluie et d'éclairs.

Les yeux levés, les nerfs détendus par l'atmosphère, toute légère et reposée, souriante, j'ai passé là peut-être la meilleure heure de ma vie.

Et l'heure suivante, donc !

La pluie crépita le sol et la porte fut close.

Dans la demi-obscurité nous sommes restés en face l'un de l'autre, gênés.

L'orage nous avait fait un état nerveux à la fois délicieux et exaspérant.

Je regardai le chevrier.

C'était un gars du pays, habillé comme là-bas : gros souliers (il s'était mis pieds nus,) gros pantalon et la blouse bleue rayée de fines lignes blanches.

Son béret qu'il avait jeté ne cachait plus la tête dure et dont la peau lisse et solide laissait voir de petites taches de rousseur qui n'étaient point désagréables.

Oh ! les solides muscles, la belle poitrine qu'il devait y avoir là-dessous.

Et avec quel air de propreté, de santé, de parfum d'herbes et de vent de mer.

J'aurais presque désiré, dans ce petit coin perdu, tandis que dehors la pluie faisait rage sur les parois de la cabane, que le rustre me violât.

Mais là, sur le foin, il n'osait, sans doute.

Je sentais cependant son corps vibrer, tressaillir.

Il me regardait, hypnotisé, avec ses deux beaux yeux bleu clair.

Pour peu, et je le faisais mentalement, je lui aurais tendu la main, souri, l'encourageant :

— Viens…

Il avança tout à coup la tête.

Je reculai un peu, moins effrayée par lui que par l'idée d'avoir pensé tout haut sans le savoir.

Mais il s'arrêta.

Quelle avait été son intention ?

Avant de le quitter je lui tendis la main et je partis, l'âme joyeuse, plus joyeuse peut-être que si nous avions consommé.

XIX

INTRIGUE, IDYLLE, PASTORALE

Le lendemain matin, je fus délicieusement éveillée par un agréable chant de flûte sauvage.

C'étaient des notes douces qui me pénétraient l'âme.

Montant avec l'aube, c'était une douceur infinie qui semblait s'irradier dans l'air.

Je passai un peignoir rose et, les cheveux dénoués, je me mis à la fenêtre.

Alors, je vis, tel un Pan antique dans les roseaux, mon pâtre de la veille qui venait ainsi charmer mes oreilles et, oserai-je dire, mon cœur.

Le soleil se levait à peine.

Habituée à une longue paresse, je ne connaissais pas la douceur des matinées.

Le ciel était tout rose, d'un rose tranquille, et la rosée perlait, étincelant doucement sur les feuillages.

Avec le fifre rustique, un bruit de source parvint jusqu'à moi.

Et il me vint une idée dont je me réjouis encore…

Personne à la ronde.

Je laissai glisser ma chemise, enlevai le seul ruban qui tenait mes cheveux.

Et nue je descendis, courant sur les roches.

Je me jetai bientôt dans le ruisseau qui coulait là.

Et entre les herbes, je distinguais toujours mon Pan, avec sa peau de chèvre sur les épaules, qui me flûtait ses pipeaux à mon château.

J'avais beau clapoter dans l'eau, il ne me voyait.

À la fin je chantai.

Il se leva et tourna la tête.

Pan aurait bondi avec un rire aigu.

Mon pâtre devint blême.

Je lui souriais et lui jetais de l'eau.

Il m'avait reconnue.

Je m'enfuis alors.

Il fit quelques pas et s'arrêta.

Alors me retournant je lui fis signe.

Il hésita un peu et enfin courut.

Ce fut une course éperdue à travers les ruisseaux, les bruyères.

Il y mettait de la complaisance.

À la fin il me barra le chemin droit devant moi.

C'était dans une grande prairie, à l'herbe épaisse, aux petites fleurs blanches.

Je me laissai doucement couler à ses pieds.

Je restai là, la tête cachée dans mes mains.

Et quand je me relevai, le monstre avait disparu.

Et je m'en retournai, un tout petit chagrin au cœur.

Et cette fois encore ce fut plus délicieux que si… Le cœur a des raisons que la raison ne connaît pas.

La poésie aussi.

… De même le bonheur.

Roscoff, 1904.